전망대

이현정 열일곱 번째 시집

차례

제1회

제2회

제11회

제12회

제1회

봄 마중

덩치 큰 겨울이 물러난 자리에
불면증이 봄을 업고 밤을 달린다.

하늘과 바다가 처음 만난 기적이
신비로 이어지는 푸른 기상이다.

온밤의 기세를 몰고
온갖 것이 꿈에 부푼 봄 마중 간다.

금을 탐하랴, 돌을 탓하랴

말도 많고 탈도 많은 시기에는
침묵이 금이라지만

인적이 끊긴 침묵은
돌덩이 못지않게 무겁다.

금을 탐하랴, 돌을 탓하랴.
친절에는 침묵도 미소 지을 터인데.

전망대

여행지 전망대를 오르던 시절
함께 한 이들을 잃어버린 채

홀로 우뚝 솟은 바위산처럼
생애를 굽어보는 전망대로 섰습니다.

존재감을 확인하는 정신에는
자중자애하는 연륜이 있을 뿐

묵언의 질의응답에도
위상을 달리할 여지는 없습니다.

웃음결 같은 바람결

주택단지 한가운데 자리한 공원에는
아가들의 아장걸음이 조명을 받는
웃음결 같은 바람결이 산다.

주민들의 관심이 들러리를 서는
폭포랑 놀이터랑 꽃 잔치마당이랑
가질 것 다 가진 아련한 햇살 아래

또래를 알아보는 아이들의 소란마저
포용하는 가슴마다
여가선용이 돋보이는 산들바람 분다.

아침 인사

어쩌다 마주친 해님과의 아침 인사는
아름답고 유익한 선물이 된다.

겸손의 의미를 갖추어
생명 가진 것들의 안녕을 기원하고

자손을 위해
인내하고 배려하는 묵념에 든다.

일신의 영달에 안달하지 않는 처신이
모든 이의 거처를 안식처이게 함이라.

삶과 꿈

바람으로 왔다 가고
구름으로 있다 마는 나날이
흔한 삶에 드문 꿈을 꾸게 합니다.

지리를 읽고 역사를 익히고
애창곡을 부를지라도
삶과 꿈은 본연으로 돌아가야 합니다.

사무친 삶도 현란한 꿈도
내일을 위한 준비 작업에
앞선 단속 차원이니까요.

하루

낮은 다양성 확보에 있고
밤은 순수성 회복에 있다.

낮과 밤을 번갈아 품는 하루는
지혜를 모시고자
멀리 보고 널리 구하고자 하나

가는 길은 곧고 하는 일은 비슷한 일상이
복지국가 세포막을 이루기에 급급하다.

옥상의 빨랫줄

아파트 뒤 베란다에 나갔더니
가까운 빌라 옥상에 흰 이불 홑청이 널려 있다.
참으로 오랜만에 보는 시원한 광경이다.

먼 옛날 외갓집 생각이 나서
잃어버린 세월에 치우치다 말고
햇빛 좋은 창을 열고 다시 빨래를 살폈다.

그새 거의 말랐는가,
빨래는 나를 환대하는 깃발처럼 나부낀다.
살아있는 의미를 장식하듯 나부낀다.

소식에 주려

회상은 있고 뉘우침은 없는
가슴속 더듬이가 공중회전을 한다.

소식에 주려 죽은 과거사가
고독사의 명분을 그럴싸하게 하면서

냉탕 온탕 몸을 섞는 조화 속에
책임은 없어도 챙길 일이 많아

왜 사는지가 의문일 수 없듯이
마땅히 죽는 귀결이 답이 되니 말이다.

제2회

봄꽃 축제

땅거미 지는 겨울 길목에
어김없이 찾아드는 축제 소식은
움츠린 노고를 잊게 하는 희소식이다.

온난화 현상으로 계절이 어수선하여
봄꽃은 얼씨구나! 한꺼번에 어우러졌어도
하늘바라기 속내에는 영일이 없다.

해마다 축제는 절기를 헤아리고
민중은 곁다리 요행을 누리지만
기후 위기 고심만 어쩔 줄을 모르나 보다.

이상기온

황사와 미세먼지 걱정에 밀려
절기는 일기예보를 겉돌고
체감온도는 변동 폭을 웃돈다.

이상기온 경고가 뒤숭숭하고
노약자를 위한 충고가 엄중해도
아랑곳할 바 아닌 아이들은 뛰논다.

그래서 웃고 지고
절기가 찾아들어
어른들이 땀 흘리는 보람을 찾는다.

등대

7번 국도를 달리다 보면
심심치 않게 만나는 등대를
나는 언제나 바다 편에 서서 바라보고 싶었다.

그런 일도 그럴 일도 없게 된 지금
방파제 호위 속에 늠름한 등대 길을
다시 한번 누군가와 걸어보고 싶다.

그 누구의 팔짱을 끼면
무게 중심이 힘을 받을까.
언제까지 이 마음이 이 뜻을 따르려나.

밤새 파도 소리에 잠 못 이룬 친구더러
바다의 자장가를 모르냐고 꾸짖은 배짱 그대로
등대지기 나름의 밤을 갖고 싶다 친구는 가고 없어도.

길손끼리

사랑은 한몫을 하지만
이별은 참 가지가지 한다.

일단 사랑에 빠지고 나면
사랑은 뒷전이건만
결국 송두리째 엮이고 마는 부채꼴 형상이다.

죽자 살자 할 것이 못 되는 사랑에 살다가
절로 이별하고 사별하는 길에
길들여진 길손끼리 할 말을 잃었다.

사정이 다르고 사연이 달라도
엇비슷한 우여곡절에 막을 내린 결과다.

연둣빛 오월

계절의 여왕 품에 안기니 햇빛도 바람도 사랑이어라.
왕자님 꿈을 꾸는 공주 마음 이대로
마냥 살 수는 없는 것일까.

왜 우리는 떠나야 하고 사라져 가야만 하나.
잊혀지기 서러워 눈물이 나도
아롱진 연둣빛 오월은 푸르다.

행복해도 울고 마는 갸륵한 마음들이
쉬었다 감직한 들녘을 끼고
계절은 쉴 틈 없이 산천을 살찌운다.

밤이 좋아

불을 켜는 순간
새롭게 태어난 밤이 좋아
밤의 요정처럼 뜨락을 거닌다.

간접 조명 아래 나하고 밤하고
사색이 진국이 된 신행길에 올라
나는 인형이 되고 밤은 꽃가마가 된다.

궁금증

궁금증은 관심사의 촉각이다.

현상이 모호할 때,
거리감에 신경이 쓰일 때,
가부 간의 중요성을 일깨우다니.

안위와 직결된 궁금증은
참사랑의 사촌 격이 아니더냐.

백일몽

걸핏하면 울고 싶고
자칫하면 주저앉게 되는 분단의 애환이
이산가족 기원의 기조가 되는 안부를 묻고자
남북 공히 우편 창구를 개설한다.

몸살을 끝낸 장마당 세대는
선진 문화 혜택을 즐기고
조국을 부정하고 선대를 부정하는
독재의 야망은 백일몽에 그친다.

응달에 햇빛 비치고
영양실조에 남아도는 온정 쏟아지자
동경하던 세상 맛본 남과 북이
한 많은 통일을 후대의 가보로 손질한다.

솔 순

로미오와 줄리엣을 연상케 하는
창 아래 소나무 솔 순이 한창이다.

산에 사는 소나무보다 날씬한 몸매는
동물이 털갈이하듯
봄이 되면 새잎과 새순이 돋아나
이렇듯 인기몰이를 한다.

송진 냄새도 송홧가루도 없을 것 같지만
어찌나 참신하고 늠름한지

출신을 알고픈 어눌한 고백이 여운을 남긴다.
'무식해서 미안하당ㅇㅇㅇ'

제3회

심지 굳히기

알음알이를 아우르는 마음 밭에
동그마니 자리 잡은
이 한 몸이 이 세상 담당이다.

외길을 돌고 돌다가
가닥을 잡게 된 뜨내기 인생이
얼마 남지 않은 아쉬움을 달래려

몸집을 가다듬고
심지 굳히기에 나서면서
더는 서성이지 않는 진심에 산다.

참새

옹기종기 모이는 참새 소리는
새총 없는 세상에 태어난 기쁨이다.

참새구이 인기가 마실돌이를 할 즈음
새총잡이 줄에 엮인 참새를 보았느니
오죽이나 가난했으면 그렇게들 했을까

고무줄 새총 없는 오늘날의 참새 떼가
안정세를 보이며 봉황의 뜻을 아는 체다.

웃는 술, 우는 술

감기 들세라, 허기질세라,
몸을 녹이고 피로를 풀고자 할 때
술보다 좋은 친구가 없고 술을 따를 약이 없더라.

술이 최고야! 외치는 친구 몰래
술에 먹힌 망나니들이
인생이 쓴 만큼 술이 달단 너스레로 술을 망친다.

이제 당신 사람이 웃는 술, 우는 술을 가려볼 차례다.
담금주 사랑이 각별한 가정에 주정꾼을 보았는가.
술을 있게 한 조상의 얼이 인종을 초월해 있거늘.

참 좋은 세상

이민 길이 영원한 이별이 되어
홀로 노쇠한 동생에게는
영어가 국어인 손녀가 있다.

'나는 나중에 할머니하고 결혼할 거야.'

그 말이 국제선을 타고
피붙이들을 살찌운 아가는
어느새 어엿한 소녀가 되어 있다.

우리 서로 만난 적 없고 정든 적 없지만
영상자료를 통해 본 그녀는
혼혈의 장점을 고루 갖춘 미인이다.

조손이 변함없이 얼싸안은 사진 속에
동생의 행복이 고스란히 보여
보는 이들을 복되게 하는 참 좋은 세상!

붙박이 사랑

겉으로 초연한 척
속으로 태평한 체
어른으로 산다는 것이 멍에라 해도
살붙이를 위하는 일념으로 마땅한 일이렷다.

혼자 감당하는 길에
헐값의 자유를 누리다 말고
함께할 붙박이 상대 물색에
목말라하는 마음과 마주친다.

예상하고 대비책을 세우긴 했으나
삐걱거리는 염려들이 엄습해 오고
중심이 기우뚱! 내가 갸우뚱!
결론은 한결같이 이대로가 상책이다.

눈먼 행복

후원이라는 이름 아래 보잘것없던 자리 차지가
해를 거듭하면서 보람을 찾고 있다.

아사자를 없앤다는 전화번호를 눌러
티끌 모아 태산이란 우리의 옛말이 국경을 넘게 했고

오래 살아야 하는 이유처럼
웃음을 자아내는 눈먼 행복이 되고 있음이다.

어색한 첫걸음이었으되
후원자 명목이 국제적인 입지를 밝히는 수순이다.

흉물 정치

세상 돌아가는 모양새가 어떤지
알 바 아니라는 이 마음이
다름 아닌 흉물 정치 산물이다.

뻔뻔하고 야비하고 을씨년스러운 것들이
뻔질나게 드나들며 좀먹는 세상
억울해서 이대로 죽을까 보냐?

패거리가 떨치고 꾼들이 풍기는
악취 없는 거기가 어디인가 하니
눈 감고 아웅 하는 이대로의 삶이란다.

우아한 우울증

나는 까발리기 좋아하는 기쁨보다
품에 안긴 슬픔에 정이 든다.

고로 무심한 가운데 안정을 찾는
우아한 우울증이 나를 거둔다.

화사한 계절 나들이에서
위험에 노출된 벌거숭이 마음보다

정장을 한 평화가
나를 반기는 안정감이 좋아서다.

나잇값

아흔 살 턱 밑에 들고 보니
나이가 의미심장한 꽃만 같다.

자의와 타의가 합쳐진 나잇값은
밉상 곱상 따로 없는 한 미모 하건만
몸으로 마주치는 체념은 고되다.

마음에 들자 하고 작심한 때로부터
작품의 완성도를 향해, 인생의 완성도를 위해
원근법을 조절하는 신선놀음이다.

눈을 뜨면 세상사가 내 차지이고 보니
살아있다는 사실보다 더 큰 기쁨이 없음이다.

제4회

단짝끼리

현대판 고려장에 의문을 둔 채
굳은 등 풀고 굽은 다리 뻗게끔
등치기 나무가 있고 명당 자리 바위가 있는
산길 찾아 집을 나선다.

말벗 만들기에 무딘 나를 맞아
말 없는 쾌감을 선사하는 단짝인 양
나무 어루만지고 자리 쓰다듬은 다음
무관심이 보호막인 끼리끼리 기능을 살린다.

은근과 끈기

보통사람들의 은근과 끈기로
건강한 사회가 된단 말을 하고 싶다.

선량한 다수가
국력을 받든 굳건한 힘이니 말이다.

묵묵히 고전이 되어주는 전문가 정신이
분야별 행운임을 몰라서가 아니다.

저출산 추세가 주목을 받는 현실이
갈급하고 답답하고 두려워 하는 말이다.

마음자리

이끼 낄 겨를 없는 마음자리에
마중객이 된 성 부린 기억은 그대로인데
소식통이 먹통이다.

살기 바쁜 사람들이 덧나는 일 없으리란
외려 편한 마음이
고마움을 부채질한다.

너무 오래 살았나 보다 하지 않고
사랑을 살리는 사람만이 가는 곳으로
나 돌아가리라.

빗나간 사치

주름살을 감추려다 빗나간 사치가
이목구비를 강조하는 화장발로
인상을 그르친다.

남녀노소를 가리지 않는 판세가
민망할 따름이다,

호감을 반감하는 데 쓰인 낭비나
빗나간 과시욕을 누가 말리랴
너그러운 시선에 나머지를 맡긴다.

눈부신 젊음

너 죽고 나 살자는 예능 프로에
경쟁자로 떠오른 별들은 눈부시다.

우열을 가려야 하는 전문가가 아니어서
느긋한 객석 차지 자체가 다행이다.

흥미진진 예측분분
열기 역시 흥분을 누를 길이 없어.

두근거리고 애말라하는 젊음이
가늠하기 힘든 재산처럼 활짝 핀 광장이다.

변질된 과제

기품이 인격을 받치는 기둥이라면
마음은 평정을 누리는 속살일진대
씀씀이가 헤픈 마음 만들기
시작과 끝이 얽혀 거미줄 양상이다.

상승기류를 타던 과제가
어쩌다 죽음 대비로 변질되면서
손사래 치는 의지가 가시거리를 넘나든다.
막무가내 운명을 하늘처럼 받들란다.

딸 타령

젊음이 덧없다 할 틈도 없이 사랑이 영글어 자랑에 접어든 모녀가
팔짱을 끼고 내 앞을 지날 때면 에누리 없이 나는 말했다.

딸 없는 사람 앞을 지나갈 때는 통행세를 내야 한다고.

어깃장 부리던 시절은 어딜 가고
꿈에서나 맛보던 감촉이 귓전을 맴돈다.

'너는 나 같은 딸이 없어 어쩌니?' 하시던 어머니 말씀이다.

그때는 제대로 읽지 못한 사랑이 나에 대한 칭찬임을 알아차린다.
'저, 어머니 딸로 태어나서 진정 행복했어요.'

상상과 묵상

경계를 잊은 상상이
사람을 새롭게 자연을 이롭게 한다.

상상은 무형에 가치를 두지만
묵상은 내 안에 무게를 두어서다.

터전은 달라도 결과는 은혜롭기로
상상하고 묵상하면 안팎이 실한 이치다.

근본 가꾸기

디딤돌이 되거니 하는 부가
걸림돌이 되는 사례를 따라가 보니
눈먼 상속이 태반이더라.

혈연이란 갈고리도
어설픈 믿음도 말고
오로지 근본을 도울 일이다.

자손만대 받침대 격인 부귀의 전당은
건강한 보급로에 힘입어
생사를 초월한 미래에 있음이다.

제5회

소외된 소신

시집 장가가라고 성화를 부리다가
멀어진 할머니는 후회막급이다.

떠날 날이 가까워 그러려니 하자.
영겁에 들기 전 정황 정리 소신 탓이니까.

그래도 그렇지,
사회의 병폐가 되는 당면 문제를 외면할 텐가.

짝꿍 찾기가 국운 구하기란다.
나라가 반기고 정책이 받드는 인물로 살자.

못 올 길

힘든 시간이 못 올 길을 간다.

각별한 사람이 눈감고 간다.

슬픔이 빚는 진풍경 속에
나는 너를 받들어 있고 너는 나를 모른 체다.

그래도 된다는 특권의식이 관에 박힌 채로 간다.

너를 잃은 반쪽짜리 나 또한 시간에 업혀서 간다.

연구 대상

동갑내기 친구 사이인데 생활 태도가 너무 달라
연구 대상인 사례가 있다.

둘 다 늙어서 외톨이가 된 다음 두드러진 현상으로
그녀는 자기 자신을 위해 매 끼니 손님상을 차리면서
한 끼 때우는 식의 나를 훈계하는 데 문제가 있다.

자기가 자기를 여왕처럼 모셔야지
이다음 세상에 귀하게 태어난다는 것이 그의 지론이다.

부지런하고 게으른 성격 차이에도 불구하고
그녀가 좋은 이웃인 것만은 틀림이 없다.

멍때리기

눈을 뜬 무의식을 멍때리기라니
눈 감은 무아지경은 무어라 하나

허물벗기 일환으로
나를 명상하는 의식이 활달한 순간이어든

내면을 뿌듯하게 사방을 고르게 하는 줄임말로
나의 숨 고르기가 남의 멍때리기를 대신한다.

서늘한 상실감

밤낮을 가리지 못하고 전화통에 매달린 친구가 괴로워

이런 고생 저런 고생 그만하게 빨리 가라, 속으로 빌어놓고

그의 부음이 몰고 온 상실감에 내가 이토록 줄어들 줄이야.

이젠 다 끝났다는 인식을 거의 놓친 적이 없었는데

친구는 가슴 깊은 어느 골에 숨어있다 인제 와서 자유를 누리는 거야.

내 안에 자리한 네 목소리, 아니 그 음울한 웃음소리,

고개를 저어, 저어 딸쳐보지민

슬픔도 막무가내로 첨벙이는 철부지여, 내 너를 어디에서 다시 만날꼬.

새치기

때를 가리지 못하는 늦겨울 서정이
새치기 봄꽃을 피웠다.

색을 쓰는 꽃들은 제 잘난 맛에 취해도
내실을 기하는 열매는 홍역을 앓는 중이다.

앞지르기 명수들 보란 듯이
해묵은 평안이 사철담장을 허물 징조다.

오빠는 술로 나는 글로

아빠는 너무 짧은 생을 마감하시고
대궐 같은 집을 떠나
우리는 비로소
외부에 노출된 세상살이 경험을 하게 된다.

살기 바빠 잊혀진 세월이 얼마나 길었던지
오빠는 말했다. "나는 꼭 그 집을 찾고 말 거야."
그 말이 품은 한을
오빠는 술로 달래고 나는 글로 풀었다.

술타령에 버금가는 순간을
술 없는 하늘나라에 갖고 간 오빠와 달리
나는 석양에 물든 나이에 버금가는
세상사를 꿈에 보듯 글에 담는다.

바른 자세

자세를 보면 인품을 알 수 있다.
나 편하자고 남을 상관 않으랴.

바른 자세 유지는 자신만의 문제일 수 있지만
자손들의 자존심에 선이 닿아 있다.

넓은 행동거지 중에
바른 걸음걸이가 바른 마음 쓰기다.

각각의 존재감이 질서에 기여하는 바를
명심하고 볼 일이다.

돈독

돈독은 인간만이 가지고 있는 독성이다.

문명사회를 흥하게 하고 망하게도 하는
속성을 지녔기에다.

돈독으로 무장한 이도.
돈독에서 해방된 이도.

한계에 충실한 말년의 심기만 하랴.

제6회

불멸의 길

이상기온이 농작물을 망치면서
순진한 테두리 안에 들 사람이 없다.

기후변화를 감지하는
정보화 사회 물결이 벼락치기로서니

멀쩡하게 꾸려가는 삶의 방식이
세파에 너무 쫓긴다.

우리 모두 지구의 암세포 같은 존재가 되어간다지 않는가.
만물의 영장이란 금생의 한 마디가 넋을 잃게 한 세대인데.

하늘 사랑

오가는 핑계도 없이
창밖에 내려앉은 하늘에서
소곤소곤 눈이 내린다.

속삭임에 귀 기울인 착한 마음이
하늘 사랑 선물을 받는 중이다.

눈 녹은 눈물에도 사연이 있는가.
창문을 적시는 틈틈이
할 말이 많은 함박눈이 내린다.

자립 지원 기금

고아원에서 퇴소한 청소년들이
자립하기 위한 절차 가운데

우리가 간과해선 아니 되는 일이
자립 기금 조성이다.

처음으로
정부에서 손을 쓴다는 발표에

비로소 엄지 척을 치켜든 어버이 정신이
이 땅에 있음을 굳건하게 믿어버린다.

공해 공작

원시인이 불을 밝히면서 시작된 문명이
마구잡이 마찰음을 일으킨다.

공해가 몸집을 불린 결과
지구가 중병을 앓는다는 것이다.

공해 공작 주범이 인간일진대
자손을 살리는 정화 구실에 앞장서야지.

문명에 이바지할 기세가
변화의 기수로 자리 잡는 적극성 말이다.

바람직한 행보

육아 분담에 분주한 젊은 부모들에게
좀 더 우호적이고 적극적일 수는 없을까.

말이 가진 여운과 듣기 일색 생색이 아닌
바람직한 행보가 절실한 시점이다.

그들을 에워싼 주변 인식이
그들이 속한 출산 장려 정책에 힘을 실어

낳고 기르는 보람에 살 수 있도록
모두가 이 나라의 어른이 되자.

숨은 진실

세계를 거대한 지붕이라 생각하니
내 집은 요람이요
나는 숨은 진실의 주인공이다.

휴대폰에 손이 닿는 대로
동력을 얻는 나는
앉은 자리에서 누릴 일만 남은 채다.

요람에서 무덤까지 가 한눈에 드는
근시안적인 행운 차지에
밤낮이 따로 없는 벅찬 나날이다.

오해와 이해 사이

밝은 하늘에
맑은 해를 본 것 같아도
눈이 부신 은혜를 오해한 경지다.

감히 넘볼 수 없는 실체를
정면으로 논의한 이해를 뉘우치며

때늦은 이해와 해묵은 오해 사이
눈부시지 않은 엉뚱한 헤가
둥글게 자상하게 안개 속을 가른다.

생활의 발견

응접실을 무대로
계단을 연습실로
하루를 연주하는 주체로 살 일이다.

자기에게 충실한 생활의 발견은
혼자만의 몫이 아니라
일가의 안정을 도모하는 기획이니까.

사소한 가닥이 모여
큰 힘을 쓰는 밧줄처럼
틈새 지혜에 주목해서 살아야겠지.

생과 사

어제가 없어진 듯 오늘을 뒷받침하듯이
오늘도 내일 위해 그러려니 하지 못하네.

앞일은 보이지 않는 태평성세라 치고
나 하나에 하늘이 따로 있지 않으매

고지식하게 살아도 의롭게 죽어도
생과 사를 똑같이 적용하지 못함일세.

'어떻게 살아야 하나?'에
차렷! 자세를 취하는 긴장이면 몰라도.

제7회

달러벌이

나는 아니어도 나의 분신인 작품이
줄줄이 달러벌이에 나서고 나서
나는 사랑을 자랑으로 읽어유.

나와는 상관없는 벌이라 해도
내 나라 차지임에 틀림이 없어
날개를 달았음직한 기분이지요.

담금질을 일삼는 작업에 녹아들어
작품에 명운을 건 나는 분명
정겹다 못해 흥겨운 글 머슴이라우.

노인과 바람둥이

한때는 늙으면 어린아이가 된다 했는데
막상 막다른 늙은이가 되고 보니
아이가 아니라 바람둥이랑 호흡이 맞다.

만나면 헤어지기 싫어지고,
헤어지면 만남을 보장받고 싶고.
만사 의지할 바 못 되어서

내일 일을 알 수 없는 처지에
당장이 아니면 놓칠 것 같은
강박관념이 한몫을 하는 거야.

정에 주린 노인들의 바람둥이 건성은
정에 헤픈 꼴불견을 닮은 꼴이다.
부디 천진한 아이들만 같아라.

우수

성급한 봄비인지 때늦은 겨울비인지
우수에
절기를 즐기는 비가 내린다.

외출이 여의치 않아
외로움이 줄무늬를 이루는 유리창에
건조증이 심한 백발이 보인다.

우수를 감안하여
이렇게 비가 오시니
낙숫물 소리에 따를 장단이 따로 없구나.

잠꼬대

목소리에 쓰임새를 원만하게,
감정의 짜임새를 익숙하게 담은
그 어떤 사랑의 노래보다
아기 우는 소리를 듣고 싶다.

뜻이 고와서도,
전달이 순해서도 아닌 이유이거늘
업고 안고 쓰다듬고픈
허세 이면에 숨겨진 아픔이라 할 만하다.

하얀 밤

폭설 경보를 확인 중에
하얀 밤이 깊어간다.

사나운 눈발끼리 방해받는 난장판에
관찰자는 생기발랄한 존재로 둔갑한다.

내일은 붉은 고추를 입에 문 눈사람 소동에
온 동네가 북적이는 꼬마들을 보리다.

폭압 없는 폭설의 지원을 받고 있는데
눈사람을 누가 말려.

초록에 물든 온실

사철을 향한 억지가 통하는 비닐하우스에서
초록에 물든 온실 사정에
고지식한 방문객이 반응을 일으킨다.

햇빛도 바람도 없이 자란 작물이
자연이 빚은 내용처럼 건강할까.

갸우뚱한 반가움과 식물성 노여움이
공존하는 공간에
자랑스러운 결과물들은 천진난만 그 자체다.

멍든 청춘

6·25라는 동족상잔의 악몽 속에
살얼음판 생존을 거친 청춘이 언제 내 것이었던가.

아쉽고 서럽기만 한 나더러 누군가가 묻는다.
청춘을 돌려준다면 그때로 돌아가겠냐고

하고픈 일이 하도 많은 오늘의 청춘을 몰라
허공을 바라보는 눈길에 아지랑이 핀다.

한번 뿐이기에 신명을 바친 인생살이어든
고개를 저어 내 안에 대답을 대신하기로 한다.

솔방울

장난감 소쿠리에 솔방울이 한가득이다.
그로 말미암은 분위기는
그렇게 듬직하고 각별할 수가 없다.

자연의 맨살을 느끼게 하며
소나무 기상을 담아내는 것들이
산책로가 바뀌는 그간의 내력을 알려

나는 집에 있어도
산길은 나를 통하고
솔방울 떨어지던 소리가 다정도 병이란다.

사람값

사랑이 지지리 궁상일 때 사람이 상하도록 상대하면
피차 사람값에 어긋난다 하겠다.

인제 그만 죽어주었으면- 하는 사람들이
자신은 물론 남을 상관 않는 곳이 요양소다.

중증 치매 환자를 돕고 가족을 위하고
그리고 전체를 생각할 때이다.

정상적인 사회로부터 멀어지지 않는 범위 안에서
안락사를 통한 인간의 존엄성을 지키도록 하잔 말이다.

제8회

고정관념

틀에 박힌 유형이 원만하다손
고정관념을 벗어날 결단에 소홀하긴가.

일방적인 방식이나 독자적인 발상이
뜯들이기 수순을 거치노라면

주어와 보어가 자리바꿈을 하고
표현의 자유가 신세계를 만날 터인데

남 되도록 살고픈 어부지리 행보가
발전상을 외면하니 어이할거나.

꽃길

말로만 듣던 꽃길이 찻길 따라 가고 있다.

꽃길을 걷자고 우정 멀리 돌아든 사람이 어찌 나쁘이랴.

꽃은 자주 이름을 달리하고 행인은 스스로 감명을 받는다.

꽃단장 담당 공무원 발상이 계절 꽃을 갈아타는 동안

주민과 행인이 주인공인 민심에 훈훈한 바람 분다.

색의 신비

무지개가 비록 색의 원조라 해도
깜짝 신비에 그치는 아쉬움 때문에
논의할 바 못 되더니.

새끼 꼬고 짜깁기하는 사색의 본체가
색동옷을 입는 조화 속에
바람직한 색깔이 제구실을 한다.

색이 간직한 민감한 감성은
해파리 헤엄을 치고
색의 대비는 곡선을 그리는 파노라마 격이다.

추억에 산다

성급한 사람들은 세상사가 여의치 않다고 하고
순리를 따르는 이들은 만사 마음먹기 탓이란다.

일상사 참는 일이 기다리는 일이어서
기다림을 반추하는 일 또한 갈림길 갈아타기다.

추억이 기억에 때때옷 입힌 나들잇길이라면
죽도록 늙고 병들 일 없을지니

사랑아, 너의 진면목인가 싶은 철부지로 살자.
나는 살아서 느끼는 온갖 것이 보배로 보인다.

지구 가족 건망증

빙하가 녹아내려
지구가 중병을 앓고 있다는데
건망증 있는 지구 가족들이 할 말을 잃게 하네.

전염성이 강한 국익 타령이나
정치를 위한 계파 싸움이
다 거기서 거기인 데 반해

인류의 안위를 침범하는 전쟁이
공멸의 길을 마다치 않으니
공존의 지름길은 있는 것일까.

공해 배출 악역의 주범들이 주축이 되어
빙하의 수명을 늘릴 일이 급선무인데
깜빡하는 증세들을 무엇으로 막으랴.

뜻밖의 상실감

혈연 못지않은 소꿉동무 숙이가 병고에 시달리자
빨리 갔으면 하던 그 마음이 돌팔매를 맞았다.

비보가 날아들고 한동안 바보가 된 듯했는데
그런데 그가 나의 분신인 줄 모르고 살아온 세월이
주마등처럼 스칠 때면 나는 그만 평정심을 잃는다.

너 아닌 그 누가 날마다 나의 홈페이지를 찾고
복사한 시를 장롱에 붙여두고 외우더란 말이냐.

그런 말도 흘려들은 나는 도대체 누구냐.
상실감이 바로잡은 비정상을
인제 와서 뉘우치게 하는 너는 얼마나 대범한 인물이었더냐.

까치집

시골 언덕배기에
쓸쓸한 까치집이 생각나는
이 나무가 그 나무인 듯해서 이름을 물어본다.

누군가가 말하기를 버드나무라 한다.
까치가 얼씬 않는 실버들이 연상되지만
진위도 가부도 가릴 길이 없다.

까치가 울면 반가운 손님이 오고
까마귀가 울면 사람이 죽는다 하여
까치는 길조로 반기고 까마귀는 흉조라 홀대했는데

사리 판단을 갖추고 나서 훑어본바
이도 저도 아니어서
속설에 속지 말자던 인생살이 아니었던가.

장미 울타리

하얀 막대 울타리에 기대어
빨간 장미가 긴 행렬을 짓고 있다.

제철살이 말이 모자라 싱글벙글하는 이들로
아파트 주변이 명랑하다.

환경의 지배를 받는다는 말이 교과서를 벗어나자
보송보송한 발이 생긴 모양이다.

꽃 시중을 들던 주민이 사라진 밤에
자체 경비를 선 꽃 빛깔이 더욱 진하다.

얕잡아 본 상대

나는 개가 싫다. 아니 싫기보다 무섭다.
몸집이 크고 작고를 가리지 않고
나만 보면 늑대 꼴인 개를 피해
나는 어려서부터 먼 길을 돌아다녔다.

우리 개는 물지 않는다던 한 젊은이가
공격 대상이 된 나를 보고 계면쩍게 말했다.
개가 얕잡아 보지 않도록 눈에 힘을 주라고.

나는 개가 얕잡아 보는 상대였던 것이다.
언제 봤다고 높이 보고 얕잡아 봐?
무조건 그렇게 된 이유를 모르는데
개 같은 답을 찾아 어찌 나를 고심하라냐?

제9회

시간과 공간

시간이 묘하다.
일체감을 갖게 하고
질서를 지키게 하고
목표를 이루게 하면서
엄정하게 잘도 모셔져 있다.

시간을 따르자니 공간이 고맙다.
몸 둘 바를 챙겨주고
더불어 사는 바탕이 되어주고
만인에게 공평하면서
전부를 받들어 모시니 말이다.

다수의 횡포가 판을 치는 집단도
그들이 요리하는 이기심도
저만 잘난 못난이를 수용하는
통 큰 엄중함 때문에
우리가 이리들 다소곳한가 보다.

산책을 과제로

시간을 벌고 걱정을 덜고자
산책을 과제로 삼았다.

이른 아침이나 초저녁이 적기인데
이목을 신경 쓰는 노파심이 문제다.

설혹, 무리수로 얻는 것이 있다 해도
무사안일 입지만큼 온전하랴.

걷지 못하게 될까 봐 조여드는 조바심이
인적이 드문 길을 돌아들게 만든다.

여린 자책

가지런한 손가락이 유난히 예쁜 친구가
손등을 펼쳐 보인다.

그가 내민 손가락 일부는
옆으로 또는 아래로 끝이 굽은 채다.

'별일 없이 어째서 이렇게 된단 말이야.
너무나 서럽고 가슴이 아파.'

동년배의 교감을 대신해
마주 본 두 사람 눈이 똑같이 붉어진다.

늙기도 서러운데
막무가내 이변이 사람을 울려!

불청객

미련도 애착도 다 내려놓았건만
불청객 과거사가 말썽이다.

쓸모없는 생각이 꼬리를 물고
허기를 유발하는 것이다.

밤낮을 바꾸어 살든 말든
꾸짖는 이 없는 삶이 빛을 본다.

오일장

살 것도 많고 볼 것도 많은 생각은
심심풀이로만 스쳐
갈까 말까 망설이는 속내 속에
오일장을 놓칠 판이다.

장터 호기심은 선심을 베풀고
시골 인심은 도마에 오르고
운동 부족이란 명분이
어정쩡한 나를 거듭나게 한다.

택시비가 아까워 사고 또 사다가
집안까지 가져다주시는 기사님 고마워
인심 듬뿍 쓰고 났더니
남는 것은 자신감과 사람의 향기어라.

박수갈채

현역의 고통에 보답하는 박수갈채 속
연예인은 최선을 다하고

꿀벌의 생리를 가진 청중은
내재율을 에너지화하는 데 익숙하다.

출연자의 딱한 긴장을 그 누가 알아볼까.
숨길수록 돋보이는 실수를 무대는 알까.

타고난 기량에 기여하는바,
불안인들 오죽하랴마는 위안은 곱절이다.

아리송한 꿈

잠 속에서 꾸는 꿈은
잠들기 전 상태나 생각의 잔재가
은연중에 묻어나는 현상이라 하겠지만.

막연하게 살아서 숨 쉬는 꿈은
음으로 양으로 우리와 공존하는
여의치 않은 상대다.

꿈이 없으면 사람으로 산다는 의미도
오늘보다 나은 내일도 없을 것이란
순진한 생각이 꿈속을 헤맨다.

더부살이

하루살이 본보기로 거뜬한 더부살이는
하루의 되풀이가 능사다.

해돋이에서 해넘이까지의 혜택을 입고
밤의 안식을 차지하는 묘책이 상책이어서

매사에 덤을 실현하는 해갈이 정신이
나를 낮춘 하늘을 받들어 모신다.

가상공간 차지

기력이 체력을 끌어내리는 와중에
기웃거릴 틈 없이 가상공간이 문을 열어요.

오래전에 매듭지었던 글이 조명을 받는 겁니다.
강산이 변한 내용들이 널리 읽히고 있는 거예요.

내부 온도와는 별개로 바깥 공기는 차고
사욕과 공익은 서로를 외면하기 일쑤였는데

결과를 조준한 의지에 의해
어깨엔 힘이 실리고 공복을 잊는 나날입니다.

제10회

희망

희망이 뜬구름 잡기이던 시절
품 안에 든 것이라곤
오직 가난뿐이었단다.

많아서 탈인 이즈음
허영에 놀아나는 욕망이
엎질러진 책망으로 돌아오누나.

심각한 빈부의 격차가
성실을 다짐하는 잦은 발걸음에
가난이 떨친 사례들을 교훈 삼을 일만 남았다.

언어의 품격

갈고 닦은 언어 말고
적나라한 자기를 알리는 일상 속 언행이
품격의 가장 무서운 지배자다.

명예에 멍에를 씌울 수 있는
언어의 폭력도 그 반대인 비속어도
한 인간을 규정하는 잣대이니 말이다.

멀쩡하게 생긴 신사가
실수로 뱉은 말 한마디 때문에
생애의 흠집을 남기는 사례를 보았음이다.

나도 한마디

1학년이 없는 초등학교가 160여 개교에 이른다니
믿고 있던 얼음장이 꺼지는 충격에
한동안 말문이 막혀버린다.

세계적인 저출산 국가라는 불명예가
우리의 위신을 좀먹는 줄은 알았지만
앞이 캄캄한 현실에 주저앉게 될 줄이야!

각종 지원책도 중요하지만 사교육 근절이 급선무다.
부모는 등골이 빠지고 아이는 계획된 틀에 갇히고
사회는 제 살 뜯어 먹기 식 경쟁에 빠져 움쩍 않는다.

복된 가정이 본보기가 되어야
출산이 늘어나고 지원이 살아나고
공교육이 융성해야 어린이가 밝고 맑게 자라나걸랑.

낙원의 노래

아름다움이 근본을 드러낸 곡조와
희로애락을 거느린 노랫말이
낙원을 찾는 사람들을 반긴다.

노래의 다양성에 초점을 맞춘
가슴에 사랑이 녹아들면
모든 상심을 잠재우는 비결이 그 안에 있다.

상호작용을 일으키는 현상과 함께
고달픈 정을 달래주는 호소력이
어찌 인간 세상 화합을 비껴갈 수 있으랴.

죽음 대비

내가 겪은 주검들은 용케도 술래잡기를 닮아 있었다.
눈 감은 사이 놓치는 순간이동과도 같이
가실 이는 가시고 남은 이는 뜬구름 잡기였다.

희미한 목소리도 마지막 한줄기 눈물도
조금은 이른 죽음에 해당되는 사례인지라

통틀어 대비할 묘안이 있을 리 없어도
선한 끝은 있다던 옛말을 부적처럼 지닌 사람은 안다.

자식에게 알릴 시점을 택하고
내 집에서 최후를 맞는 행운을 빌며
막다른 길에서조차 무엇에도 갇히지 않을 일이다.

독불장군

사방에 외등이 켜지는 아파트의 밤은
어둠이 순해서

혼자 있어도 좋은 나와는 달리
외로움이 극심하다는 딱한 친구는

공동 구매하고 나들이를 즐기면서
마음 맞는 몇 사람이 함께 살잔다.

나이를 외면하는 당치않은 설계사,
독불장군과 맞장구칠 말이 없어라.

자기 발견

전등불은 적막강산을 금수강산이게 한다.
한동안 눈을 감고 평정을 되찾으면

다가갈수록 미묘한 내 안의 열정이
안주하지 않는 면면을 살린다.

개발하고 지고, 기록하고 지고
심층 부위 움직임이 힘을 받는다.

내실을 꾀하는 자기 발견 추세가
밤이 주선한 낮의 뜻을 소화하는 중이다.

밀어

구름이 한 몸을 이루어
천지간에
밀어 같은 비를 뿌린다.

보고픈 사람이 하도 많아
비는 바람에 밀리고
나는 분위기에 취한다.

전염되기 쉬운 그리움이
내 품에 들어
줄줄이 흐르느니 눈물이다.

바야흐로

정부와 의학계가 바야흐로 대결 양상이다.

정부는 국민을 팔고 의학계는 자존심을 걸고
국제적인 망신을 아랑곳하지 않고 있구나.

권력이 만능이긴 하지만 전문 분야 위신을 함부로 다루긴가.
족쇄를 채우는 조치가 눈살을 찌푸리게 한다.

선전 선동에 능한 집단이
전문가를 몰아세우는 조치부터 삼갈 일이다.

분야별 불균형은 나 몰라라 해놓고
국민 편에 치중한 듯 너무 과장되게 굴지 마를 일이다.

독립성을 보장하는 성향만이 전체를 지킨다.

제11회

정월 대보름

두런두런 둘러앉아 부럼 깨고 술 맛보고
오곡밥 먹던 호사를 통감하는 지금

혼자라는 사실을 흐리면서
달 구경하러 가는 사람 구경하노라니

조상의 얼이 실린 보름달 소원이
자손을 아우르는 한 둥지 속이다.

왠지 모를 뿌듯함이
두둥실 떠오른 달을 임 보듯 한다.

간편 조치

단독생활이 늘어나면서
형식에 치우친 경향이 줄어들고는 있지만
좀 더 단순하고 안정될 필요가 있다.

외국 거주 사실에서 얻은 상식 가운데
초청객이 아닌 경우
있는 그대로 통하는 친근함이 그 무엇보다 좋았다.

피차 편한 간편 조치를
아직도 허물로 보는 눈총을 피하려니
인간적인 교류가 겉도는 경향이 불편해서다.

낙인찍힌 날인

아무리 각박하고 야박한 시대라 해도
한 지붕 아래 살면서 이웃을 모르는 건 부끄러운 일이다.

반상회를 하던 때는 이웃사촌이란 말에 생기가 있고
뜻이 통한 몇몇이 관광 나들이에 나서기도 했었다.

오늘은 경비 아저씨가 동의서에 서명을 받아갔는데
모르는 이를 동 대표? 아니 전체 대표로 재선임하는 조치였다.

삐끗하면 눈총 맞을 새라
그야말로 바보로 낙인찍힌 날인을 한 셈이다.

허수아비가 된 주민들 상대로 억지 쓴들 누가 뭐라나.
지역발전 논의가 눈 감고 아웅 한들 어디가 덧나랴.

벚꽃 길에서

조신한 벚꽃 시절을 지나
바람난 꽃잎끼리 나부끼는 길목엔
공중제비를 돌거나 말거나
바닥에서도 꽃잎은 곱게 마련이다.

벚꽃은 어쩐지 진 자리가 더 붉다.
떠난 자리에 눈길이 가는 것은
마음이 머문다는 뜻일 진데
감히 그런 결과에 이르고 싶다.

미지의 신비

미지의 신비로 가득한 이집트에서
세계 테마 기행의 진수를 맛본다.

4천7백 살을 헤아리는 피라미드는
규모나 조성 과정이 충격적인 반면

성화를 우상화하는 신전의 화려함은
그 어떤 경고보다 엄숙한 경지다.

국토의 95%를 차지한 사막 횡단과
현란한 명승지 답사에서

야심 찬 기획에 업힌 교육적인 시혜에
감사함을 두고두고 새기는 바이다.

현실 갈무리

그 누가 인생이란 여정을 고행이라 했던가.
늪이 있고 사막이 있어 연꽃도 피고 낙타도 타는 것을.

정치 경제 사회에 걸친 심각성이 기승을 부리고
인구 소멸 위기란 말이 겁 없이 떠돌아도

빼어난 인재들의 집산지인 이 땅에
걸맞은 대책이 있을 것이라 믿는다.

지구 위기의 주범인 탄소포집저장 기술을
공업과 농업 분야에 활용하는 때에 이르렀음이라.

숨죽인 감동

(성악가 박 여사 전)

교향곡 감상에 숨죽인 감동이 절절한 아쉬움을 남긴다.
그대와 함께한 시절 못 잊어.

고귀한 음성 못지않게 우아한 품성은
영어의 달인이란 대사 남편을 만나
존경과 찬사를 한꺼번에 누렸었지.

허수아비로 변신한 치매 증상 때문에,
허공을 장식한 추억 때문에
나의 독자 회생 노력이 이다지도 힘겹다.

도대체 인간사란
어떤 조화 속에 나고 죽는 예술적 산물이더냐.

기다리는 기쁨

방문 시점을 알려주겠다면서
미리 말한 무렵이
성큼성큼 다가오는 착각은 시간을 돕고

기다림이 생체리듬 구실을 하면서
혈액순환이 왕성한 지킴이는
큰 나무를 닮아간다.

못 올 일 있걸랑 미리 말을 말거라.
물안개처럼 감싼 기운을
끝내 기다리는 기쁨에 살련다.

구경꾼의 행운

각종 프로그램에 빠져
앉은자리 호사에 길들여진 이래
우수에 젖어
하마터면 놓칠 뻔한 행운에 산다.

돈 아끼고 힘 아끼고 시간 벌고
아찔한 풍광에 뻥튀기 사랑을
골라잡는 구경꾼 행운이야말로
재생 가능한 꿈의 자연산 선물이다.

제12회

갈림길 고향

태어난 곳과 자라난 곳이 다른데
고향을 물어
난처한 나에게 추억이 답을 한다.

갈림길에 놓인 어부지리 관심 해결에
타당성이 무르익은 쪽을 택하자니

회한을 곁들인 한 옛날을 배경으로
아름다운 아픔이 거품을 문 고향과
거처로 제공된 타향이 서로 목말라한다.

예쁜이 마음

이렇게 좋은 날 혼자라는 생각에 갇히지 말자.
행여 나쁜 영향 있을까 보아
푸념을 꽁꽁 묶은 이 마음은 얼마나 갸륵하냐.

남은 날을 요리하는 예쁜이 마음 하나로
모두가 가는 길에
각별한 관심을 온화한 선심으로 돌린다.

해가 바뀌고 달이 바뀌는 하루도
아끼고 사랑하고 고마워해야 할
단 한 번뿐인 기회이려니.

해묵은 인연이 다하는 날까지
옹졸한 씀씀이에 익숙한 냉담을
후련한 덕담으로 마무리하련다.

삶에 엮인 흔적들

하늘이 열린 곳에 빛이 있고
땅이 다져진 곳에 생물이 있어
동화처럼 살아가는 우리 어찌 행복하지 않으랴.

공간을 값지게 하는 나머지가
삶에 엮인 흔적들을 대물림하면서
자연스레 설계된 설마가 호응을 얻는다.

위험을 무릅쓴 내리사랑이 미덕을 꽃 피우고
우러러보는 정신이 근본을 받들면
비로소 혈맥을 덥히는 인의 장막이 열린다.

충격의 무덤

죽음이 다가올수록 만개한 정신세계가
한순간에 깡그리 없어지는 사건이다.

감기 기운을 없앤다고 열탕을 고수하다가
목욕탕 문을 연 순간만 있는데

얼마 만인가 눈을 뜨고 보니
문 가까이 있던 회전의자가 내 옆에 누워있다.

무의식중에 의자를 잡았다손
의자에 깔리지 않고 그 위에 넘어지지도 않고?

충격 때문이겠지, 밤새 뜬 눈이었건만 비밀에 부친다.
요양원에 보내질까 봐.

분수령

일생을 통한 언어의 금자탑에
다단계 분수령이 보인다.

신명을 바쳐 출간한 책들이 줄줄이
국제시장 진출에 나선 것이다.

벼락치기로 달러를 올렸다 내리는
책값 파동에 주범인 회사들 정말 웃긴다.

인세도 판권도 유린당한 채 작가는 떠나도 책은 남아
꾼들의 탐욕을 채우는 흐름 못지 않은 가관이다.

깜짝 이변

공원 뒤편 으슥한 곳에서
강약을 빌미로 하모니카를 부는 중에

아빠의 바이올린곡을 연상하는
나의 세레나데는 반세기를 넘나든다.

훈풍에 취한 나는 공중곡예 중인데
하물며 마주 앉은 강아지와 교감을 하랴.

목에 줄을 드리운 강아지가
움쩍 않고 내 앞에서 나를 보는 것이었다.

강아지도 개 주인도 연주가 끝난 나도
실없이 헤어지고 말았으되

나는 잊지 못하네
오랜 불화를 간직한 강아지와의 깜짝 이변을.

세상 빚

죄 없이 살리라던 기대가
세상 빚을 늘리는 수모를 겪는다.

공해 배출 악몽이
지구를 중병에 들게 하니 말이다.

값싸고 흔해서 함부로 버려지던
비닐과 플라스틱류를 무섭게 관리하란다.

자손을 위한 일념으로
세상 빚을 줄이는 방책을 말함이다.

이방인

우리는 어쩌면
속물근성이 가려보는 이방인이다.

국경 없는 사회가 공유한
근시안적인 입지에서 벗어나

다문화 가정이 늘어나는 마당에
모두가 속속들이 이방인인 것을.

철딱서니

아홉 살짜리가 무대에서
일곱 살 때 여읜 아빠를 그리며
목청껏 '아버지!'를 부를 때
그 작은 몸에서 어찌 그리 많은 눈물이 뿜어지는지
함께 울다 말고
같은 나이, 같은 처지를 겪은 나 또한
나만의 회상에 빠져든다.
아흔 살 문턱에 선 할머니가 아홉 살 어린이와
놀아나는 세기적 교감이 기막히건만
아무도 없는 아리랑 고갯길
부끄러운 줄 모르는 건널목을 건넜다.

전망대

1판 1쇄 발행 2024년 7월 8일
지은이 이현정

교정 신선미 **편집** 양보람 **마케팅·지원** 김혜지
펴낸곳 (주)하움출판사 **펴낸이** 문현광

이메일 haum1000@naver.com **홈페이지** haum.kr
블로그 blog.naver.com/haum1000 **인스타** @haum1007

ISBN 979-11-6440-637-1(03810)